QQQ

和合亮一

思潮社

δδδ

蛾になる

わたしは夜になると
寂しい場所にある大きな刑務所へと歩きます
道なりが続いていて車も人もいないのです
もっとも午前零時ですからいるわけはないのです
コンビニエンスストアーや
そこで働く人や
並んでいる品物と
陳列していない星雲と
まだ電気が点いている中学校の校舎と
校庭で遊ぶ子どもたちのかかとの影と

飲み干されたプウルの水と
眠ってしまった家の没落と
髪を切ったばかりの人が集う
遥かな寺院の明かりと
点滅したまま滅亡する赤信号と
無限の抽象性が集合して
かろうじて屋根が赤いだけの公民館と
頭の無い犬と
紫色の電信柱と
茫々の草むらと
夜の唇を這うカゲロウの幽霊と
筋肉を見せつける雲と
それらの存在の欲望が黒々と
背中から迫ってくる
無味な洞窟の先を行きたいのです

寂しい場所にある
大きな刑務所へ
一歩ずつの反感
風景はただただ
重たさを含み笑いしてゆく
木が青くなって
これらは膨大な生き地獄の木立
ヒナが巣のなかで鳥目に啄まれていますが
これほどまでに黒い空と道
あなたには分からないでしょうね
孤独な洗濯物のこのわたしを
誰が莫大な無償の宇宙の鍋底で
許そうとしてくれているの
爪を切ってやり過ごすしか能が無いあなたも
道すがらに建てようとしている家を見あげてごらんなさい

誰かという影と罪はやがてどこかに暮らす
心に唾液を溜めこんで
幸福な家庭の思想を築きあげ
気狂いなクジラの肋骨のような
汗に濡れた思惟の檻で
囚人のように幸福に跪く
緩慢な空席と
椅子の無い食卓を豪華絢爛に囲みながら
箸を落とす人という柱を笑うだろう
敗北する靴の底のリズムに舌先を鳴らして
灯りの無い家々を睨みながら
自転車のチェーンが外れていくままに
話しかけると良いのです
梅の木がめめめと泣いているのですね
静かな窓辺で眠る

ランドセルに
運動場を入れて持ち帰ったあの子を
起こさないようにして
あの角の無言の製紙工場は夜を徹して操業する
縄文時代のカブトムシとミヤマクワガタの子孫が
魂の角を林立させて血の蜜を吸おうとしている
それら六本ずつの足音と同じ調子で路面をひ
たすらに
歩こうとしている電信柱の家族がありますよね
わたしとあなたの愛の情念に
炎上し続ける中東の海の油田の
火災現場で
記憶を喪失している
年若い消防士の
震える中指の先の指紋が

さながら
忌まわしくも踊らされている
あなたの精神の帯状疱疹を
どうすればいいのでしょう
それなのに
どうしてあなたはカーテンに隠れて薄気味悪く笑っている
眠れない誰かの夢の自傷をそのような息の苦しい室内から
街灯沿いに立っている遠くの家々の窓の影と酸素とに見ているのでしょう
わたしは夜になると寂しい場所にある大きな刑務所へと歩きます
足を動かしているうちに
虹色の脾臓に何かが溜まっていくのが分かります
鉛色の雲は星などを一つも笑わずに頭の上を転びます
わたしはさっきまでずっと台所のテーブルの上で指の影を見つめていました
たくさん動かし続けているうちに
あらゆる近所の灌木が

関節の外れた風に切なく揺らされていることが分かりました
忌まわしい手の形を置き去りにしたまま
闇にほしいままになっている生存の意味が
わたしの内側の黒い繭を満たしていきます
ああ漁火を点滅させたまま
たった一艘の舟は　ま
た一つの港を無くしていきます
寂しい突然の水の夢がわたしの凄惨な肌を滑っていくとき
わたしはわたしという殻を認めます
わたしはわたしを愛する
わたしはわたしが恐ろしい
わたしはわたしの皮膚を認めます
わたしはわたしの皮膚を認めません
わたしは夜になると
寂しい場所にある

大きな刑務所へと歩きます
わたしは夜になると
道に迷います
脱皮します
天使の羽根が背中に
純白の触角が頭に
思惟の無暗なる
内側の雑木林を
どうしようもない
複眼を持て余して
蛾になります
急ぎます
わたしは夜になると
寂しい場所にある大きな刑務所へと
駆けていきます

わたしは捕らえられる
そうして真黒い愛撫に目を閉じる
わたしはただ闇に放たれていく
わたしのその指先に
わたしの鱗
粉だけがまばゆい
わたしの手の甲の湿疹
それは何とも
寂しいものなのです
だから
わたしは夜になると
寂しい場所にある大きな刑務所へと歩きます
道なりが続いていて車も人もいないのです
もっとも午前零時ですから
いるわけはないのです

自由登校

わたしたちは一日中
わたしたちは一匹の虫を見て
わたしたちは一人で部屋に籠り
わたしたちは一人で遊び
わたしたちは一人で
自由登校
ところで黒板は宇宙の半分である
わたしたちは十万年の歴史に火を点けたばかり
チョオクは何百本も折れていて
歯型のある頭蓋骨が火だるまになって転がっていて

諦念のプウルの底にて天使がボオルペンを落としていて
水槽の魚の腹が白く光りながら校庭を照らすから
わたしたちはみな何億もの飼育係
震えている孔雀のヒナ鳥を持て余し
握り飯を包む銀紙の裏に
マツコウクジラの妖怪の腕時計の影は隠れている
わたしたちの何億もの指が
体育館の裏で拾いあげてきた
真っ赤な白地図を弄んでいる
思惟で燃えあがる忌まわしい猫の家系図のうえで
悶絶するテントウムシと
国境に放置している自転車を盗みに出かけた陽炎の弟を
タバコの葉の畑で見失った記憶が
凍った百度の坂道を駆け上がって来る
やって来たぞ！

鳥の巣で震えているままの
だらしのない少年の思慕の影が
夜光くらげの幸福が
わたしたちはまだ林檎の中で眠ったことがない
水玉の画用紙を重ねたまま
航空母艦はたったいま
新しい銀の蝿を不時着させているばかり
全員整列　一　一
一
不吉なグラウンドにて
ブランコは前に出ると楽しいし
後ろに退くと寂しいし
真っ黒い保健室にて脱脂綿の煉獄
光る屋上への螺旋階段の真実の先の
いい加減な雲は

ヒヨオタンの底のお神酒のどこかへと潜りたいだけだ
新しい行方不明者が
能登半島にてランドセルを背負った
鳥は蟻は家畜は
それぞれの生と死と水牛の群れの先で舌を出す
明かりが点けられたままの
誰もいない教室の
高山植物の影へと
隠れてゆくしかない
どうか教えてください
不毛なる毛むくじゃらのタワシの行方を
火炎の校旗をあげようではないか
笑う青空の足の裏の愛情の中に
海の底の甘ったるい孤独と
手長海老の脱皮の美とがあるではないか

死が怖いのではない
それに至るまでの冷凍蜜柑の転倒こそが恐ろしい
毛ガニの幽霊のつるつるの背中で
地中海を失ったという無念を認めると
星
颪
空が
消滅させようとするものとは
わたしたちは
犬
わたしたちは
雲
わたしたちは
影
わたしたちは

先生
わたしたちは
生徒
わたしたちは
全員整列　一　一
一
残酷なブランコを漕いでいると
風にさらされている
鉄工場の窓ガラスの気持ちになるものですね
いい風ですね
裏切りの
砂利を積んだ
ダンプカアでも腹の底から
やって来るのですかね
「鳥は鳥を辞めません」

「人は人を辞めません」
「蟻は蟻を辞めません」
だから何だ
黒板に字を書いているうちに
十分間と千年の間と
白い茄子とが消えた
プウルの酢酸は喜びながら氾濫するより他に方法がない
精紳の水たまりのどこかに虹色の分度器があることなどは
未だに信じられない
校舎の奈落の底にある
かじりかけの林檎が
宇宙であることに
まだ気づかないのか
茫漠としたシヤアプペンをどうすればいいのか
昼下がりの教室に燃え盛る零度がやって来る

なあんだ
栗色のバスケツトボオルが落ちているじゃないか
さきほど
お昼の放送で教えてくれていたじゃないか
火の半分を背負った山羊が
火傷したので
苔むした生徒指導室へと連行したばかりじゃあるまいか
運動場では蚕の神様が
凧揚げしていたじゃないか
チャイムは顔の半分を盗もうとして
変な時刻を知らせているばかり
段ボオル箱が焼却炉の裏に
置き去りにされていたのだけれど
そこに昭和のスケェト靴のひもがあるばかり

観念の氷の沼にて転倒せよ
全員点呼　一一
一
ああ化学室の
人体模型は逮捕術の女神であった
激怒すべきはその丸裸になった内臓であった
鉄棒の紫色の影が伸びる砂の庭より
馬鹿野郎と
虫歯の獣の足の先が向かったのは
真緑色の
ハ短調の青空教室であった
全員整列　一一
一
よろしい
諸君

帰りの学級会をしよう
これだけは先生から
言っておきたいことがある
黒板には宇宙のもう半分がある
チョオクは何百本も折れている
どんなに大げさなものまでも
黒板消しで一拭きしなさい
無人の
放課後は肉迫（笑）
起立　礼
行方不明
わたしたちは
まだ林檎の中で眠ったことがない
わたしたちは五日中
わたしたちは四匹の蟻を見て

わたしたちは三人で部屋に籠り
わたしたちは二人で遊び
わたしたちは一人で
自由登校
全員
零

最近になって鳥に興味がある

♪

ああ田んぼの真ん中に
エッフェル塔が立っているね
だから麦わら帽子の中で
片目をつむるしかないヒナがあるね
莫大な口を必死に開き
恐ろしいばかりの沈黙の暦の空母にて
足をぶらぶらぶらさせたりする新鮮さを裏切り
鳥ではないものになろうとしている大きな企みがあるね
そういえば夏の終わりに幼くて年老いた死が

切通しの崖に飛び込んでいたっけ
あれは音速爆撃機の影だった
幸いなるかな
無数の鳥の目に案山子は殺された
秒速の黒い音符が関節の外れた青空を
何億も啄むことに夢中だったから
わたしたちの幽霊が暮らしている田畑を
おびやかすことはなかったのだけれど
これからは転がる小石がそのまま
懺悔になることもあり得るだろう
もはや帽子のへこみに
終わることのない洋ナシの種を吐き捨てるしかあるまい
大型バスも鳥目　色鉛筆も鳥目
がんもどきも鳥目　フォークも鳥目
鼻緒が切れたから　下駄も鳥目のまま

たったいまエッフェル塔に吊るされている
スズメの巨大な影に怯える竜巻が虹色の目薬をさそうとして
そういえば叫びながら入道雲に髪の毛を生やした夏でもあったなあ
盗んだマッチ棒が断言のようになって
地上の最後の木の記憶の小さな骨として燃えたのだ
鳥ではないものに未来へと羽を広げて大空を奪わせるには
あまりにも未成年で老成していて無謀すぎた
空を滑るビジョンを投影するには
あまりにもか弱くて無傷で泥だらけな清潔さがあった
わたしたちの唾液に濡れた想像はむやみに後悔して
(田んぼの真ん中にエッフェル塔!)
ヒゲの生えたヒナの翼の未熟さを忘れてさえずるしかなかった
精神の底を歯ぎしりしながら行き過ぎる紫色の貨物列車
再度の抽象の空のクレームを受けて
真白い眼薬を真っ黒く運んでいる

兄のゴム手袋は廃線になった線路の
分岐点で落とし物になったまま
わたしたちの戸籍謄本を燃やしている
幻を触って
わたしたちの住所は鳥目のまま
言葉は鳥目のまま
愛撫は鳥目のまま
肩は鳥目のまま
ストライプの開襟シャツの
第二ボタンが外れたまま
ちなみにそれも鳥目のまま
ただいまエッフェル塔に吊るされている
（たたたたたた田んぼの真ん中にエッフェル塔！）
まだ来ないのか
青空のもと　可愛らしい

このくちばしの小鬼たちに
与えてはくださらないのかしらん
爆発的な季節の亡骸となった
栄養の母鳥よ
帆立貝の内部にて半覚醒する緑色の夢に
わたしたちは目を閉じて夏への亡命の巣に座っていただけだった
あらゆる自由のもとで悲しみは明るさと裏切り合い
エッフェル塔の下で光を浴びる棒立ちの案山子の背骨
ああいうの見るとわたしたちは手足を極端に忘れてしまうよね
口を悪鬼のごとく開いて唾液を垂らすだけだよね
巣の片隅で丸太ん棒になって直立したまま目も開けずに
雲海が運ぶヒゲの生えた疑似餌を持て余している残念が
しきりにさえずっているんだよね
（たたたたたたた田んぼの真ん中にエッフェル塔塔塔塔塔塔塔！）
明後日そういえば

スズメが案山子を惨殺した
取り残された優しい村の杉の木は
濡れた穴に入って泥鰌の伝説になったばかり
この時もわたしたちはさらなる死者になって
鋼鉄の蛇の目を待つばかり
おし黙る足の裏は帽子の暗闇にて梟の空襲を受け消滅
視力ばかりの田園にて不可視の全てはトラクターとなり横転
風に揺れると空の剛毛が抜け落ちるからハクビシンこそは哄笑
真ん中でそそり立つ鉄骨の塔のヤマカガシの巣にて
もはや鳥目の巨大な影に怯えるしかない
ああ案山子が足を無くした
それでも白髪の赤子たちのイメージは汚い舌に
足踏みミシンの影を乗せるようにして
ぴーち久羽ー地区歌う鹿ないのだ
芽吹き始めたばかりの新しい命の歌を

やがて世界中の金紙の中で
銀紙が破れていくような季節の残酷さに
その口へと運ばれたのは
譬えようのない
真っ黒いビタミンであった
その鋭いくちばしの影も烏目であった
ああおおい目を開けだまんまではあ
ふふふふふふふふふふふふふふふふふ梟が来っぞ！
はやぐは逃げっぺで
せっかぐのエフエルエッフェッル
エッフウエルエヘルエフル塔さはやぐは行ぐべはあ
生ぎるごどはぶん投げちまうべ
わたしたちの
幸福な反感の塔へ
チュンチュン」とこんなふうに

小鳥たちに
淡々と語りかけられる平凡な恐怖を知っていただきたい
♪

幽霊

枯れ野をさまよい
私たちの汚れた皮膚を求め
蚊の幽霊は生きている

、
、耳元で　何億も飛び交う
姿は絶対に見えない　そして私たちは
、　どこが　痒いのか分からない
、
。　、、、、、、、、、、、、、、、、、、、、、、、、、、、、、、、、、、、、

背中に置かれたままの、
シャベルをどうすればいいのか
、　ブルドーザーやクレ
ーンのキャタピラの跡を　、
穴に埋められた穴を
、　それを埋めた穴を
、
私の膚は、　、
本日も、
削られ、
集められ、
穴を、
堀られ、
、　そこに　、
埋められるのだ　、

何億もの蚊の幽霊が通り過ぎたから、
、
どこかが痒い　、
地上は凸凹だ
本日も穴を掘るしかない
穴を穴で埋める
しか方法は無い
、
決然とした穴の朝だ　、
掘られた穴に稲妻が落ちたから
田畑に肉体の無い足跡が
続いている
切られた木が立っている　木膚は削がれている
、、、、、、、、、、、、、、、、、、、、、、、、、　。

、
姿の無い蚊の一個師団が
、　電信柱に生えた髪を揺らさず
に　、　私たちの暮らしを真っ黒にし
ていったから
フィラメントの盗まれた電球の下で
、
震えながら　暗闇で　昨日までの未来の薄
切りベーコンの焦げ目に
塩をまぶし続けるしかなかった
ペッパーソルト
かと思えば野に雪
電信柱がひげを生やす
、
恐ろしくて近づいたことのない
あの

街の角のプウルを波立たせているのは
足の無い不条理だ
、
飄然とした正午だ
、
山の幽霊が、
水たまりの幽霊が、
牛の幽霊が、
鳥の幽霊が、
本日も　日本を
さまよっている
マッチを食べた仔象は
燃えたままで鼻を隠蔽し
、
て商店街を歩くのだ　というその

公然の秘密が鞭を打たれた過去に怯えている
汲み上げられることのない井戸が無言で叫ぶ
山椒魚とは誰もいない坂道の
蜥蜴のことだ
、
、
冬の衣服のほつれ目から
、
はるかな季節から
、
何億ものトラックが
、
もっと汚れた皮膚を運んでくる
、
巨大な蚊の影は
それを埋める場所でカフカに変身してすぐに大きなボウフラの夢に戻る
、
、
三台のトラックが

、

指の足りない軍手を
誰も知らない穴まで
、、、、、
運んでいこうする
、
、

そこには
、
、
想像の隣で息を止めている
カルシウムが
、

、
埋められている
、
頭のはげた丸キャベツが
、
ごろごろと

埋められている
、
、
真紫色のスカッドミサイル発射台が
埋められている、
誰も知らない波打ち際だからという理由が
埋められている

、
呆然とした夕暮れだ
世界を染める色鉛筆を
十八本も折ってしまった
トンボの
亡霊が真冬の女王蜂になる
死とは
無意味な井戸だ
、
すぐに全然の夜になる
、
黒くて丈高い草が風になび
、
くから
はっきりとした頭脳の存在を
止めようとしないのが

満月の恐ろしさである
燦然の夜更けに
蚊の幽霊は枯れ野の地膚を襲い続ける

クレーンの幽霊をどうすればいいのか
ブルドーザーの幽霊をどうすればいいのか
ビニールシートの幽霊をどうすればいいのか

柿の幽霊は実るのをやめる
自転車のペダルの幽霊
車体ごと盗まれている

それでも

掘るしか方法は無い

何故

自明である

この日本には

掘るところが無いからだ

だから

掘るしかないのだ

何故

自明である

この日本には

それでも

埋めるしか方法は無い

何故

自明である

この日本には
埋めるところが無いからだ
だから
埋めるしかないのだ
何故
自明である

何処に

穴に

何を
穴を
埋めるところが無い
埋めるしかないのだ
何故
自明である

それを掘れ
何故
それを埋めろ
何故
丸裸の木が立っているから
、
耳たぶを触り続けるのは蚊の幽霊
永遠を
地面を
の幽霊は汚れた膚を求めて　皮を
刺す
嗚呼

汲み上げられることのない井戸から
こんこんと湧きあがる無人の田園の情欲よ

風に鳴る

ある日のことです
ある言葉が消えてしまったのです
わたしの家の庭には　今もまだ
土の中に土が埋められています
言葉の中に言葉が埋められています
土から土を　言葉から言葉を
掘り出すにはどうすれば良いのでしょうか
電信柱につぶやいてみました
電線が風に鳴って
電線が風に鳴りました

空き部屋

いくつかの街がそのまま　ある日
空き部屋のような状態になってしまった
いつまでも次の住人はやって来ない
締め切ったままの部屋

湿気やカビがはびこってしまい
とてもじゃないが　住めない状況になっている
誰かが　時折　窓を開けて　掃除しなくちゃいけないのに
誰も　入り込もうとしない

窓が閉められたままの密室
空気はますます閉じ込められたまま
ネズミが時折侵入しては
あたりを齧りまわり　フンをする

せめて　窓を開けようじゃないか
必死になって　手をかけて　開けると
すぐに隣の密室になる　この街は
そのものが　そのまま　無人の部屋

だから
もう窓を
開けないつもりなのか
人類

百足

深夜に渡らない横断歩道では俺たちの血の中に
　　　　　　　　　　　　　　　　靴の底がはっきりと流れている
三本足の犬が吠えると　道路に足が
　　　　　　　　　　生えているね　知らないうちに　雑念の叫
び合いが聞こえてきて　髪の毛に群がる無意味なフレーズに
　　　　　　　　　　　　　　　　　　　　　一心不乱に追い
抜かれていく　散髪したい動物的な夜に　タクシーが真っ暗な闇を　いつもの
ように駆け抜けて
　　　　　後部座席には両足しか乗っていない　路面に蟻の羽根が落ち

ていても
　　　誰も拾わない　紺色の鉄塔が突然にそそり立ち
　　　　　　　　　　　　　　　　　無言とは　いつも
柑橘系の悲鳴が叫び終えた　その後にある
　　　　　　　　　　　　　お菓子の箱の中の沈黙には　大型
旅客機のシートベルトが
　　　　　　何億もぶら下がっている　町にも足が生えている
　　　　　手にも足が生えている　真冬の入道雲にも足が生えて
いる
　　　　ブランコがはっきりとした観念のお尻を乗せて
　　　　　　　　　　　　　　　　行ったり来たりを繰
り返すから　腕時計にも足が生えている　短く声をあげたまま　足を生やした
崖は分厚い紙飛行機を飛ばしている　可視とは不可視の影に隠れる　炭酸水の
泉でラジウム卵を洗うことだ　優勢とは正に後ろ盾の無い　劣勢の軍隊に足を
生やすことだ　騒々しく群れ集う足跡の一列が通り抜けていった

樹木は髪と

足だけを揺らしてそそり立つ

生きるという事実に打ち震えるようにして足の
生えた虹が虹を脱出している　断言の気球が次から次へと遅刻していくのだろ
う　ああ啄木鳥の羽根が落ちているね

足を生やしている銀河　背後に誰も乗
らない大型バスが　ゆっくりと近づいて

足をしきりに動かす真夜中の陽射しに
おぼれている死の百足は

メッセージが届いていないことをこちらに伝えている

俺たちは缶ジュースのプルタブを永遠に引っ張るということは無いのだ

影が

数多くの湖を飲み込んで

巨大なヒメマスの激情を修正液で塗りつぶす為だ

判明しない馬鹿を記憶の無い犀が角を光らせながら
倒していく
白い服を着たアスパラガスが下北半島と共に正体不明のままで無数
に整列している辛味大根の上を駆け抜けていこうとする
足を生やした水たま
りが非抽象的な鉄道模型を　宛て先の無いままに
宇宙に沈めようとしている
から　おまえの頭の足は
惑星の裏側の藪で考えあぐねている　アスファルト
に
蟻の恐怖が倒れたままで動き出そうとはしない　何億も帽子を持っている
男が小さな野鳥の卵を踏み潰してしまったことを　窓ガラスを割ったばかりの
子どもが一面の白菜畑に告げ口をするから　ある公共施設のエスカレーターは

たちまちのうちに黄金色になって足をばたつかせている
いくつもの影が集ま
り　夜から夜へと一つずつ
金色のブルドーザーを盗み出そうとする欲望の行為
が足の指の爪を切る
ムギワラ帽子を一つずつ燃やしていくうちに考えの足は
一つもまとまらない
靴の中
に藁を詰めているうちに体の重さが加速度的に減少していく二十六時
横断
歩道を渡らずに赤鉛筆を削りながら青鉛筆を尖らせていると
足
を生やした原稿用紙の真ん中から蛍光塗料の海が溶け出してくる
激怒するアス

ファルトの底で銀色の平目が三匹も黙っているから
丘の上の公園の滑り台は少しも動かないままに
魚類の影を座らせている
　　　　　　　　だから山の向こうにある集落の家には窓に足だけが
映る
　　足が生えた小石を拾ってみても何か大きなものが変わるというわけでは
なく
　　むしろ小さな林檎が木になったままで何も比喩化しない
　　　　　　　　　　　　　　　　　　　　　　　　　それは風が
静かに捻挫する理由だ
プラモデルの組み立てに失敗したまま故郷へと戻ってこない叔父は
　　　　　　　　　　　　　　　　　　　　　　　　　空っぽの
瓶の底に足の生えた五セントのコインを入れたまま
　　　　　　　　　　　　　　　　　　　　　　　　　それが三十年後に判明し

たので取り出して裏返してみる
　　　　　　　　そうすると足だけしか無い男の拳が庭から窓を
静かに叩く
　　始発を待つ電車の天井に蜘蛛の巣が精巧に作られていることを想う
と　車両は
　　　しだいに頭の裏へと滑り込んでいくから
　　　　　　　　　　鋭い虫の侮辱の足は　はる
かな肉感の葡萄の房へとたどり着く
　　　　　　　　フクロウの糞　路面に路面が落ちている
　　　　　　　　蟻の背中で羽根が消える　俺の中指に足が
生える
　　　風景の深夜の議論はこのようにも横断歩道を前に空転したまま
　　　　　　　　　　　　　　　　　　　　　　　　　　　幽霊た
ちのふくよかな頬の上をたくさんの羽の無い蟻がパソコンやスマホの画面の上
を這うようにしてそれが気になって仕方なくて顔を洗うから鼓膜に足が生える

否　　　地の底からの狂った季語に軽く韻を踏もうとしているだけだ　虫
ではなかった　それは足の生えた文字であった　一つの足の生えた銃弾が日本
人の体の中にあり　それが孤島のように押し黙ったまま　やがて朝日を浴びる
から　ついこの間まで足の生えた涙が流れていたのに　これからは誰しもが銃
を磨かなくてはならない　少年の決意だけが横断歩道を渡って口笛を吹いてい
る　草に染まった白球が飛ぶ　霧深いおまえの人生の無限の野原が広がる　あ
のようにも大鷲の背中に足が生えているではないか

だからおまえの前世はい
つまでも光り輝くテントウムシの集団なのだ　南極にて鍋で煮込まれてしまう
前の一頭のアザラシの精神状態のように　足を生やしながら樹木が倒れていく
のが分からないのか　俺たちの血の中に靴の底がはっきりと流れている

一月の夜更けのアブラゼミの影が電柱を登ると脱け殻は一つだ

　　稲妻は黙り込む　迷うままに小道の先の蜘蛛の
　足はめぐる　アサガオの精霊の蔓と絡まる
　凍てつく白雲をポケットに入れて　霜柱の草むらで
寝ころんだままの太陽へと虫取り網を振り回せば　雹

南半球の遠雷を耳にしないまま　薔薇の庭の藪に遊ぶクワガタムシの幽霊よ
地図帳を開けば過ぎる靴の音　故郷を遠ざかるのか　たくさんの足
黄金の線路を跨いで　たどり着くおまえの枕
星の光と肉体に埋まる遺骨と並んで横断歩道を前にして
何億ものガードレールが夢の奥で赤錆びているから
鹿の足は無言の枯れ葉の森の小道に落ちている
俺たちの血の中に靴の底がはっきりと流れている
一艘の豪華客船が宇宙の膝を滑りながら滝を飼い慣らすとき
タクシーが真っ暗な闇を　いつものように駆け抜けて
後部座席には両足しか乗っていない

三本足の犬が吠える
世界中のテーブルと椅子は足が欠ける
五本足の馬が脳髄で転ぶ
六本足のタコが岩場で記憶を失う
八本足の百足が出自を憎む
十五本足の脚立が雨に打たれる
三百三十七本足のカンガルーは孤独
一本足のフラミンゴは実はもう一本を落としてしまう
三本足の力士が土俵入り
舌足らずのイメージが追いかけてくる
遠ざかる一億もの足音に
靴を履かせるのだ
俺たちの耳たぶに
たったいま足が生えているのが分からないのか

二本足の野良犬に首輪をかけろ
阿呆のように太腿をあげろ
渡らない深夜の横断歩道を前に
俺たちは死の百足
日本列島

ある日

検診の再検査があり　血を抜かれる
拳を握り　なるべく見ないようにして
恐いんです　針が
と言ったら笑われた　すぐに終わった

いつも知らないふりをするのだが
採血の後の小さな瓶の自分の血を眺めた
私の肉体であったのに
すぐ　目の前に溜まっている

これからはるか　遠くの検査場へと送られて
今晩には　そこで精密検査をする
明日の昼間には　結果が判明して
電子データで　内容が送られてくる

今から運ばれて　置き去りにされるのだ
知らない道や街を突き抜けて　静かな一つの卓上へと
これもまた　私そのものであるのなら
三十年も四十年も消えない原子炉の火もまた

圏外へ

ある男が　ある男にたずねている『

「生活圏外の森林は除染しない方針」
（２０１５・１２・２１）
だそうですが

生活圏とは何ですか　生活圏外とは何ですか
現在　〈生活圏外〉よりイノシシなど
多数の野生動物が
私たちの〈生活圏〉へと移動してきています

この動物は〈動物圏外〉ですか　』

別の男が呟く『

「高浜原発再稼働認めれば翌日にも核燃料」
（１２・２３）
だそうですが

〈生活圏外〉は「除染しない」のに
〈生活圏内〉は「再稼働」するのですか　』

別の男が口を挟む『

イノシシは厚生労働省の管轄

ブタは農林水産省の管轄
だそうですが

イノシシとブタの交配した
イノブタは

どちらの管轄なのですか　』

そうして
別の男は　太陽系の　九番目の惑星の
可能性をしきりに問うている

男たちは　その後も　いくつかの
議論や雑談を交わし　肩を叩き合い
しだいに帰っていくのだ

それぞれの無言なる圏内へと

少年と油蟬

幼い日々は
車輪の無い機関車の思慕だ
嗚呼
少年とその影だ
台風が迫ってきている
体の血の中に

　まだ少し　小さな頭は惑星だ

どうすればいい

燃える石鹸を

女郎蜘蛛の幽霊が　二本の電信柱の影に震えたまま
足から先にたどりついてしまったことを

二十四色のうなじを今日も　あらゆる
抽象的な正午が通り抜けていったことを

真っ赤な帆が肌を歩き
皮膚が宇宙をまとったことを

仄暗い屋根裏部屋の
黄金の案山子の影には
鳩の卵があった

黄落する精神の山は
雲の飯になるはずじゃなかったのか
落ちた羽根が無言で
そう　嘯いた

ついに思惟の山城を明け渡すのだな
そうして赤くて白いキアゲハの死は

茶の間の一億年と一秒間になるのだな

頭の皮が切れている風と噂とが
マスクをしたまま天井を
過ぎて　真紫色の蛸壺へと隠れた
浴室の近眼の青空で
真鯛の出自を変えたい夏は不在である

誰でも無い足の先に

偽名と紫色の銀河と小鬼とが集まる
心の零度を天麩羅にすると
家族の箸が冷える
だから　少年は
靴を無くしてしまった

*

初めから終わりまで　昨日の夜は口を割らない
アメフラシの影が次々に集まってくるからだ

鉛色の腹を見せて　静かに息をしながら
樹木となり　髪を逆立たせて人になるからだ

足あとを　かき消さなくてはならない　深いところから
こみあがってくる　豪雨の理由も　天を仰ぎ
それでもまだ　複葉機の影などひとつも無いという嘘の全部も

陽の光が皮膚を撫でるとき　樹木は屹立を奪うだろう
鉄の机の上の地図が輝く時代の波に晒されるとき
スズメ蜂の巣は青空を失くすだろう

背後に誰も乗らない　大型バスがゆっくりと
近づいてきて　髪の中の巻き雲は数多くの水たまりを飲み込む

一匹のヤママユガは季節を重たくしている
言葉が　星を裏切るということが本当にあるのだ

虹色の帽子を持っている彼だけが
栗色の野鳥の卵を　割ってしまったことを知っていて

だから　窓ガラスを割ったばかりのクラスメイトの弟の
鉛筆を削りながら芯を尖らせるしかなかったというのか

はるかなる隣の家の庭で笑う
貧しい葡萄の房よ

アブラゼミが登る電柱には
脱け殻があるから　稲妻が黙るのだよ

小川に眠るドルフィンの足が
蔓と絡まるから　白雲をポケットに入れて

遠雷を耳にせぬまま
漢字の練習帳を開けば軍靴の行進が過ぎる

少年の決意だけが丘で口笛を吹いている

草に染まった白球が散々に飛ぶ
銀色の線路を跨ぎたどりつく
男の夢
隣町の丘

嗚呼

汽笛が鳴る

台風が来る

急がなくてはならない

*

少年の頭脳の左側をもうもうと煙をあげて
新しい蒸気機関車が通り抜けようとする
その脳内の右側をもうもうと煙をあげて
古めかしい蒸気機関車がやって来る
その中心の真っ赤な鉄橋で

彼は叫び声をあげる
何を稼働させているのか
何を運んでいるのか
何を往復させているのか
鉄の道が何処まで敷かれているのか
考えるほどにキリがなくなる
若草が
風になびく

頭蓋骨を

抱えこみ叫ぶ

頭ん中で

すれ違わせるのだけは

せめて止してくれ　！

十二本

町に戻ってきても　良いということになった
飲料のための水が　貯められている　山の上のダムの底に
震災直後からの放射性物質が　沈殿している
それは　水とは決して混ざり合わないので

安全です　その説明が　繰り返しなされた
人々は　心配でたずねる　いや
大規模な　除染の作業などをして
かき回したりしないほうが良いのである　と　教えられる

あるご夫婦は　どうしても家で余生を過ごしたい　と
避難先のアパートは　まだ借りたままにして
早々に　実の家に戻ってきた　しかし　水が心配である

＊

そのアパートの台所に　その都度　汲みに出かけることにした

＊

三階にあるその部屋の　水道から　何回かに分けて　車へと運ぶ
使用する大きなペットボトルは
階段の上り下りは足と腰にこたえる
十二本までと決めている　飲んだり

顔を洗ったり　ご飯を炊いたり

生きることは　水の如しなのか

一日から二日を過ごす
無くなると　また

四十キロ先の
はるかな蛇口へ

掻き傷だらけ

冬よ来い　わたしらに来い　もはや島国の地図を広げて　爪を切るしかないからだ

掻き傷だらけの冬だ　皮膚のうえに川の空想があるからだ　爪あとにおびえる　わたしらはいつまでも皮膚の内側で　のどを嗄らすしかないからだ

わたしはわたしという皮膚を着ている　だから本当は雲の間からの光にせかされ　何度も他愛のない脱皮を繰り返すべき　静かにひげを動かす海老たちのように

あるいは記憶の真ん中で　静かに脱皮している蟹　その殻を置き忘れたまま
　であるかのように

果てしのない想像（わたしが川となり　次から次と　やってくる　わたしら）

わたしらの頭脳は波打ち際で洗われている　水鳥が何かを　ついばんでいる
くちばしの残酷なその先が　精神を彫刻している　そこで　出来上がったもの
は　逃れられない　わたしらの悲しみというものである

その先は明日の朝には　触れてはいけない虹色の光を掻き乱し　黄河の帆船
は運ぶ夢の色彩を奪ってしまう　だから　拳を振り回して　叫ぶしかないのだ
思わず　盗まれてしまった　夕暮れをどうすれば　とり戻せるのか

二千匹の鮭が腹の中の卵を奪われて川べりで泣いているような冬

背骨に立ち尽くす　凍った樹木の影は　次々に倒れてゆくから　わたしらは
けたたましい零度の　ざわめく静寂を背負い　眼帯の中でうごめく

蛾の青空の記憶に　目をつむるより他に方法は無い　だからわたしらは　あ
らゆる季節の対岸の双子から　投石される　春が夏を殴り殺した翌日の秋にも

果てしのない想像が　葦の生えた岸辺を洗い　このときだ　誰もが　川に捕
らわれている　流れながら

果てしのない想像が　おおきなうねりを　どうしようも　できないまま　岸
辺から　岸辺へと　川は　流れながら　流されている　川に

「皮」　と一つの文字を呟くだけで　近づいてくる岸辺が誰にでもある

吊り橋を渡ることで　はっきりと目覚めてくる　意識の中の深い山間が誰に

でもあるように　果てしのない想像から　わたしらは逃げることなど出来ない
それに飲み込まれるままに

青い空から吐き出されている　白い鳩があるぞ　それがやがて　軽石のよう
な卵を産むのだな

果てしのない想像を　地図を広げながら　遊ばせているうちに　そこは陸地
となり　森林となり　枯れ野となり　そのうえで　心は　ただの積乱雲となり

あらゆる光を　水面に映し出し想像だけを漂わせて　水は夜更けに　人見知
りをするかのように　白くなっていく　卑怯者め

わたしらは　ひとかけらのパンを　空のふもとへと運んでいるような風　に
なびく　ライ麦の穂の幻でしかない

川面に花びらが　流れていて　雲がそれを追いかけていて　釣り竿はしなりその先で果てしのない想像を　釣り上げてしまったことがあるだろう　ひっかかった針が　上手く外れて良かったな　どこかに拍手のやまない　そら恐ろしい川がある

あの日　見つからなかった白球は　ゆっくりと水面を流れて　たどりついてもはや流星を呪うしかない

無意味な蟹が　青空の優しさの中で　焼死　笑止

音をたてずに　わたしらの心を洗いながら　ざわめきながら　体の中をめぐっているもの　赤々と　ほとばしる音楽の　破れた調子を聞くことは出来ないものか

雨が降っているあいだも　ずっと　果てしのない落下はある　丈の高い葦が

密生する　水の無い川を　凍死した　紅葉は流れていくから　鼻の大きな小さな冬が　ちろちろと水を飲んでいる

果てしのない想像力が　馬の群れをほしいままに走らせて　もうもうとあがる砂煙は　川の底の巨大な偏平足を　ひた隠しにしている

線路沿いに何億ものサボテンが並ぶその間を　枕木とレールとをたどりながら厳冬の中指の無い手袋が　運転士の消えた貨物列車に　運ばれていくのが分かるから

電車の音を遠くに聞きながら　わたしは地図を広げて　足の親指の爪を　切り過ぎたのだ　静かに　枯れた草がなぎ倒されているから　近づいてきたのが分かる　急に振り向くことは危険だ　背中へと接近してくる獣は　爪と牙と目を剝いている

逃げれば　さらなる勢いで追いかけてくる　どうすればいいのか　これこそは　日常に潜む時刻の本当の姿でしかない

地図を広げて　爪を切っているとコップを倒してしまって炭酸水が広がっていってしまった　稲妻　雲の間で旅客機の窓から下北半島の全体が地図を眺めるように鮮やかに見えたことが　不意に浮かんだという日常を生きるしかない

空にも足の裏がある　だから　静かに分度器を割るしかない

背中に羽根のある優しい影が　彼方に　少しだけ見えたと思って目を凝らしてみると　谷と川を行くシカの姿だ

嗚呼　肉体をめぐる真っ赤な阿武隈川よ　掻き傷だらけ

わたしらの皮膚の内部でたまらなく膨張する地図

そのうえで無数の十万年が深爪をしている

家族

この間　久しぶりに家に戻ったら
天井を　アライグマが歩いていたのが分かった
三匹も棲んでいて　驚いた
悔しくて

この間　久しぶりに家に戻ったら
たくさんのネズミが行ったり来たりをしていた
子ども部屋の　ミッキーマウスの　ぬいぐるみが
ぼろぼろに囓られていて　情けなくて

この間　久しぶりに家に戻ったら
色んなものが　盗まれていた
庭の草木はぼうぼうで　人間は
何をしているのかと

この間　久しぶりに家に戻ったら
天井を
私と妻と子が歩いていた
三匹も棲んでいた

SENTIMENTAL BREAKFAST

何も無い鮮やかなサラダの影が
夜明けの酢と油と泥とにまみれて
ボイルドエッグのイメエジを
しばらく指で転がして卵殻を冷酷に裏切り
サラダ
ボオルは真っ白のままでその底を零度にして激怒して
暗闇をコオヒイカップに
少し残してしまった
どこかの家でぼくらよりも早くささやき始めようとはしない卓上がある

鶏卵は鶏卵

決して先を越されないから白い塩をふりかけてその形

であろうとして最後の円錐形を誇示

テエブルの辛い長雨に歯をたてるしかない

からトオストが焼きあがって来た

バタアが塗られていくけれどこれは未来が迫

って来ていることへの一つの儀式　八重歯にばらばらに嚙み砕かれて長い管を

クラゲが通り　そんなことを耳を触りながら考えている　パンの耳も　そうし

てしぼりたての

ニンジンジュウスを飲み干せば何もかもが全部消えた

空よりも

海よりも大きくて深いところから朝はやって来るのかもしれない　ドレッシン

グソオスは雲の間にあるのかもクジラの目覚めにあるのかも　ラジオからカン

トリイミユウジツク　そのあとでシイザアサラダの影が運ばれて来て　いくつ

もの呟きが無感覚にサラダボオルへと放り込まれ
折り重なったままにドレッシ
ングソオスを待って　フオウクを入れようとすると沈黙するより他ない　ある
日にある言葉を失ってしまった　しかし〈失ってしまった〉ことをも口にする
ことすらしなくなってしまった
自ら消えていく「　」など無い　ならばその文
言とは
いったい何だったのであろうか　ある日にまた次のそれが消えた
新しい
消滅だとは気づいているけれど話せない　〈話せない〉というよりは　語る
「　」が無い　そのような欲望を抱いてるフレエズなど無い　直感して口をつ
ぐむ　小さなフナみたいな気持ちで
誰かが口にしないうちに一人もそうしなく
なった「　」とは何か　それを考えるほどに別の「　」がこぼれ落ちそうに
なり　そのために今あるそれを失い　一心に取り戻そうとするほどに　とめど

なく　さらに無くなっていくから

　　　　　　　　ぼくらはおし黙るしかなくなっていく　消

えてしまいそうな「　」をかろうじて語ろうとすると　飲み込むしかなくなる

うううううううううううううううううう腕時計がぐるぐると回るじゃないか

真黒い東北本線が胸の中を急いでいて

　　　　　　　　　　左耳の後ろの産毛を数えたいのだけれど

実態の無い春風の実態そのものに追い抜かれていくばかり

　　　　　　　　　　　　　　　　　　　「　」を失う「　」が

「　」を失い「　」が「　」に「　」を失う「　」に

　　　　　　　　　　　　　　　この時計の裏側に決して

たどりつきはしない

　　　　　　　消えてしまったそれはやがて怨念のようなものとなり心に

影を残し

　これが内臓器官であるならば再びの精密検査といったところ　だが

精神の要精検など聞いたことはあるまい（笑）

だからたとえ消えてしまっても手
遅れだという診断は一向に出ない
ここで確認しておきたいのは
先ほど消えてし
まったことにぼくらは気づいていないと述べた
しかしもう一つのそうである事
実は〈消えてしまったことに
気づいていない〉ことに　はっきりと気づいてい
るという一点にあった
果たしてぼくらが消してしまった「　」とは
ああ小さな
雨がやって来る朝じゃないか
再びに豆と水を沸かしてテレビを点けて新聞を斜めに読んで
森の奥の静かに水が張られた沼に
小石を投げてみたいのに

もはや黒々とした在来線に乗り遅れそうだから慌てて
駆け込みたいのに
そのまま急いで列車の自動ドアを抜けて硬い床に足音を立て
て時間の陰毛の先へと踏み出せば　遠くで踏切を知らせる警笛が鳴り
見えない火に焼かれた石ころはどこかの座席に飛び乗ったのかも
ああ間に合わない
支度が出来ていない
朝はこのまま目覚めていくじゃないか
はっと気づく　今朝も水道を出しっぱなしにしている
のを　稲妻の幽霊が見つめるスマアトフオンの画面にて「　」が悲しく明滅
することもあるから　明るくなったり暗くなったり
暗い野原と夜道をさまよ
った　あの日に見つけた古ぼけた一本の街灯のようです　このままでは遅刻に

遅刻する　サササササササササササササササササラダボオルは怒っている　ぼ
ぼぼぼぼくの独り言を一人で食べ飽きているのだな　朝には陽ざしを真昼には
犬の鳴き声を夕暮れには春雨のスウプの匂いを　白い皿の底に溜めながら呆気
にとられたように口をあけたまま　容器はあらゆる暮らしと野菜の影に怒号を
浴びせつつも少しも割れない　いつも純白である　そうして水洗いのさなかに

本当の冷たさと清潔さとを知ってさらに憤怒
サラダボオルはあらゆる雲をやみくもに混ぜ合わせて
雷雨の震える唇をひたかくしにしたこともある
光と血をぼくの脾臓へとすべらせて
　　　　　　　　　　　　　　白い絶望が鳥の幽霊となり渡るのを
未明の天候のゴマカシに耐えながら皿底に映じて
　　　　　　　　　　　　　　　　　　サラダボオルはついに怒髪
天

　　　　冷たい水とグラスの記憶が立っていて　ぼくたちの心が横倒
れになっていて
　　　　ぼくと静寂の二人きりで　　　　消えた「　」を　そこへ
と次次に放り込み　ココナツツオイルなどでもかけて　奥歯でしっかりと噛も
うじゃないか
　　　　酢と油と塩とで混ざり合うボオルの底には　人の無い窓がある
無人の街がある　人の無い橋がある　無人の交差点がある　人の無い駅がある
無人の信号がある　人の無い道がある　無人の家がある　アンテナの曲がった
ラジオがある　テエブルの脚がある
　　　　　　　　燃えあがるような絵の具を心に塗り込めて
　　　　さえずりながら鳩は　丘のうえを飛んで行くのだろうか
間に合わない朝そのものに　ならば火急に　空々しいサラダを食せ
　　　　　　　　　　　　　ああ　ぼくらがたったいま
　　　　一つだけ

思い出せた言葉とは
それは「春」です　いや違う

呆然漠然巨人

そもそもわたしたちには足の裏が無いのです
わたしたちは踏みつぶされないように
息を潜めて右往左往しているだけなのです
いつも頭の上の大きな影におびえています
這いつくばるしかない

濡れる巣穴まで絶望を運ぶだけの一列
青い空に浮かぶ足に踏まれるしかない
今日も漠然と最大の比喩がやってくる
直立する不気味な海綿体の煙突
その先からの真白い煙をどうしようもない

野には報われない鈍い鳩の卵
削られている五月の硬筆の森をどうしようもない
恐ろしさが内臓を真っ黒く染めていきます
大きな足跡が背中の闇夜で怒鳴りちらします
星は火だるまになって転びます
草と木の間から目の無い旋律が流れ出ています
電信柱や貨物列車や交差点や車や机や畳などが
彼らの腹の中で渦を巻いているらしいのです
わたしたちは彼らの大きな中指が
折れ曲がる想像に急かされていきます
わたしたちは田畑を行く
積乱雲の亡霊になった夢を見るのです
わたしたちには足のそれが無いのです
ただ莫大な裏側を恐れるのです
わたしたちは逃げまどう理由は無いのです

わたしたちには逃げまどう理由はあるのです
わたしたちこそはいつか人間になりたいのです
ああ麦藁帽を被っている野蛮が追い回してきます
牛の群れの幽霊は泣きわめく草木国土を踏みつぶす
だからわたしたちは紫色のあぜ道に
横転するトラクターの幻を恐れます
大男たちは憎しみと正しさと手足とを生やして
草むらに転がる明後日の白球を探しています
だから昨晩も丑三つ時に稲妻が
赤い屋根に落ちてきたのでしょう　物言わぬ光の
ダイヤモンドはそのまま闇の石ころになったのでしょう
繰り返しますがそもそもわたしたちには足の裏が無いのです
だから忌まわしい分度器を割ってしまうしかないのです
唾の中に唾が吐かれているかのように真実は濡れていき
足の裏の帝国にてイメージの釘の工場はますます踏まれていきます

激しい想像の小便が兎の耳たぶの裏を洗っています
マッコウクジラの先祖の夢の中で巨大な奥歯は転がるのです
だからわたしたちはふり仰ぎ頭の上の連なる何億もの足を見るがいいのです
何も奪われてなどいない土踏まずです
傷だらけの鮮やかな宇宙です
どこまでも駆けていく死の太腿です
行列のわたしたちの眼前には
実の無い梅の木の畑です
吹き過ぎる風と鹿の幽霊です
惑星の裏側の火を縫う足踏みミシンを背負うものもいます
スズメバチの家系図の上を
舌を出して駆けまわる
犬の記憶は半分しかないはずです
だからますますわたしたちは小さくなるしかないのです

あばら骨の中で毬をつき続けている小人は
足の無い七面鳥の群れにおびえます
柿の葉が穴の大きな長靴の底で枯れているからです
魚の骨が魚の内部で新鮮にひるがえっているからです
待てよ青空の下へと小さなわたしたちはもっと小さくなるしかない
死の断言で繋がれている電信柱の独白を聞き流したまま
怒り狂う乱層雲たちの向かう先へと並ぶしかないのであります
そもそもわたしたちには足の裏が無いのであります
止まれ巨人たちよ
彼らもまた並んでいます
わたしたちもまた並んでいます
わたしたちの足の裏はこの頭の上にあるのかもしれません
この男たちはわたしたちの姿なのかもしれません
静かな闇がその背中を追いかけて
強烈な光はさらにその背の産毛を追いかけて

一日という誤答はそのまま散髪した少年の頭になり
汗をかいた冷たい精神に深い谷間はやって来ない
不安に猫の耳がぴんと立っています
考える葦を切り倒した朝焼けの兄に裏切られて
カマキリの卵を野原の鉄の鍋の底に隠せば
狂ったざくろのように降って来る怒りの雨
無人の未明の黄昏を呪うがいいのでしょう
何の約束事も果たさないままの朝日を浴びて
難しい巻雲の群れが逆立ちで話しかけてくるとき
裸足の裏の薔薇の藪をどうすればいいのでしょう
大いなる肉体の闇に追われて
真っ直ぐな飛行機雲は消えていきます
凅れることの無い緑色の沼と
海老とその底の無さを背負う
真っ黒い男たちよ

どうか怒りを沈めてください
か黒い巨人は
わたしたちを踏まずに
通り過ぎていった
その無言を認めて
後ろの誰かがはっきりと呟く
空には人間などいないぞ
おい　あいつら
足の裏しか無いぞ
だましやがって
おい　お前
だから何だ
そもそもわたしたちには
足の裏が無いのであります

QQQ

やせた牛はのろのろ歩く？
やせた牛は土を踏みしめて歩く？
やせた牛は平凡な草のうえを歩く？
足を右から出してまた右から出してまた右から出す？
尋ねてみたいことがある？
草を食べるってどういうこと？
風と土と光と何かがなびいているところへ？
それを追いかけるようにして？
ならば生えたものを味わうとはどういうこと？
地勢を腹で確かめるようにして？

影を育てるとはどういうこと？
幸福をもたらすバッタを許すとはどういうこと？
壊れた蟻塚から這い出た一匹の蟻のような無限？
終わりのない六つの素足が酷い結論を追いまわす？
ある日曜日に鮮やかな緑のキリギリスになってしまった？
静寂の弟が乗り捨てた三輪車が倒れている？
やせた牛は己の影にひげを生やしているだけだ？
いつかピサへの道をゆくだろう？
これらの黒い牛たちに尋ねるしかあるまい？
人生を咀嚼するってどういうこと？
角を生やすってどういうこと？
足を左から出してまた左から出してまた左から出さない？
肉体を削って土の上に立ち続けるとは？
強烈な自然を内蔵して牛は散らばり続け？
無意味に吹かれるって？

電線が鳴るって？
白い斑点のある小鳥が薄荷の葉をくわえて？
残酷な彫刻の牛たちを占うって？
頭の中の水たまりが青い空を映すって？
ああ牛たちの影が連なっていく？
これらの地上の黒い姿と連れ立って？
風が歩いている？
無言で乗り捨てられているトラクターは？
徹底しない葦を運ぶ？
誰もいない農場に？
鳥の羽毛がひとつだけ落ちた？
それを雲の耳が聞き取った？
足を右から出してまた右から出してまた右から出さない？
この世界に電源など何処にもない？
足を左から出してまた左から出してまた左から出さない？

この世界そのものが電源である？
足を右から出してまた足から出してまた手から出さない？
わたしたちの頭の後ろでいっせいにざわめく頭の後ろがある？
わたしたちはわたしたちであることが許せなくなる？
妥協が暴風雨となってやって来ようとするので？
石の下に隠れた宝石のトカゲの眼には？
投げ出された錆びたハシゴと手袋とが見える？
鷲の影が白いパン職人の幽霊を追い立てている？
泣き腫らした牛の眼？
ざらざらとした季節に燃えるヤスリをかけるようにして？
かけがえのない氷雨を垂れ流している牛の眼？
塩辛い泥の中の足あとを飲み込んでいる牛の眼？
赤を白を？
青を橙色を？
黄緑色を桃色を？

裏切る牛の眼は黒？
牛は生き急ぐ？
宇宙を小さな黒い飴の中にひた隠したままにその眼の中で濡らしているのは？
その眼？
よだれの中で濡れるよだれ？
ひづめの中で消えるひづめ？
牛は自らの影を踏みしめると足が足にめりこむ？
牛はのろのろと加速しながら過激に緩慢に入道雲を食む？
砂をわずかに削り土を少し跳ね飛ばし雨をいささか沈黙させて？
足を左右から出してまた左右から出してまた左右から出さない？
やせた牛はそのままで自然を信じ切っている？
誰でも精神の中にやせた牛を飼っている？
わずかなものを食べながらもくもくと口を動かして？
もはや麦わら帽子の底を連なって移動していく角？
ああ誰でもあの日から？

ここで飼われ続けている？
牛たちを持て余している？
雨が訪れるだろう？
足を耳から出してまた尻から出してまた二の腕から出す？
足を肝臓から出してまた大腸から出してまた脾臓から出す？
足を空から出してまた谷から出してまた時計から出す？
足をシベリアから出してまたドーバー海峡から出してまた黄河から出す？
足を足をから出してまた足をから出してまた足をから出す？
足をからから出してまたからから出してまたからから出す？
足を出してから出してまた出してから出してまた出してから出す？
足をまたから出してまたまたから出してまたまたから出す？
見よ？
わたしたちこそはこの群れだ？
貧しい地上にしがみつき？
口を動かしている？

わたしたちそのものがこの風景だ？
もはや疑問そのものが？
牛の姿をしている？
広々とした牧場は？
丁寧に？
答えようとして？
やせていく？
これ？
どういうこと？
なつこい舌はどういうこと？
かたい爪はどういうこと？
厳粛な二本の角はどういうこと？
貧しい筋肉はどういうこと？
正直なよだれはどういうこと？
やせた牛はのろのろと歩く？

やせた牛は土をふみしめて歩く？
やせた牛は平凡な草のうえを歩く？

初出一覧

蛾になる　「現代詩手帖」二〇一八年一月号
自由登校　「現代詩手帖」二〇一八年二月号
最近になって鳥に興味がある　「現代詩手帖」二〇一八年三月号
幽霊　「現代詩手帖」二〇一四年一月号
風に鳴る　「文藝春秋」二〇一八年四月号
空き部屋　「文學界」二〇一六年三月号
百足　「現代詩手帖」二〇一六年一月号
ある日　「文學界」二〇一六年三月号
圏外へ　「文學界」二〇一六年三月号
少年と油蟬　書き下ろし
十二本　「文學界」二〇一六年三月号
掻き傷だらけ　「現代詩手帖」二〇一七年一月号
家族　「文學界」二〇一六年三月号
SENTIMENTAL BREAKFAST　「現代詩手帖」二〇一八年四月号
呆然漠然巨人　「現代詩手帖」二〇一八年五月号
QQQ　「現代詩手帖」二〇一八年六月号

QQQ　キューキューキュー

著　者　和合亮一《わごうりょういち》
装　幀　中島 浩
発行者　小田久郎
発行所　株式会社思潮社
一六二－〇八四二　東京都新宿区市谷砂土原町三－一五
電　話　〇三－三二六七－八一五三（営業）八一四一（編集）
ＦＡＸ　〇三－三二六七－八一四二
印　刷　三報社印刷株式会社
製　本　小高製本工業株式会社
発行日　二〇一八年十月三十一日